KB097711

라디오같이 사랑을 끄고 켤 수 있다면

라디오같이
사랑을
끄고 켤 수
있다면

장정일 자선시집

책읽는섬

시집을 읽어도 좋은 세 종류의 사람들에 대해 적어놓기로 한다.

시를 쓰고 있는 현역 시인들은 시집을 읽어야 한다. 당연히 그들의 연구자들도 시집을 읽어야 한다. 앞으로 시를 쓰려는 사람들도 시집을 읽어야 한다. 그 외의 사람들은 시집 같은 걸 읽을 필요가 없다.

시인이란 뭔가? 시인이란 시를 쓰기 위해 젊어서부터 무작정 시집을 읽기 시작한 사람들 가운데 생겨났으며, 시인이 된 뒤에도 시인이 되기 전과 똑같은 열정으로 시집을 읽어대는 사람이다.

스님이 그냥 스님이듯 시인은 그냥 시인이다. 제 좋아서 하는 일이니 굳이 존경할 필요도 없고 귀하게 여길 필요도 없다. 그 가운데 어떤 이들은 시나 모국어의 순교자가 아니라, 단지 인생을 잘못 산 인간들일 뿐이다.

차례

시인의 말을 대신하여 · 5

1부

사철나무 그늘 아래 쉴 때는 · 11

석유를 사러 · 13

축구 선수 · 18

방 · 20

지하 인간 · 23

쉬인 · 24

삼중당 문고 · 28

게릴라 · 33

물에 빠진 자가 쩌벅거리며 걸을 때 · 34

나는 · 38

12월 · 40

자수 · 42

역도 선수 · 44

열등생 · 46

2부

도망 · 49

그녀 · 50

냉장고 · 53

라디오같이 사랑을 끄고 켤 수 있다면 · 54
　—김춘수의 「꽃」을 변주하여

구인 · 55

첫사랑 · 56

옛날이야기 · 58

헤드폰을 쓴 남자 · 60

냉장고 · 62

사랑 靑 · 63

보리밭에서 · 64

호두 한 알 · 67

젊은 운전자에게 · 68

3부

햄버거 먹는 남자 · 73

요리사와 단식가 · 75

'중앙'과 나 · 78

계산대에서 · 80

미끄럼 · 82

바지 입은 여자 · 84

탬버린 치는 남자 · 85

체포 · 86

파리 · 88

목욕 · 89

유리의 집 · 90

Job 뉴스 · 91

파랑새 · 92

4부

원고청탁서를 받고 · 95

구두 · 96

모자 · 97

자서전 · 98

주목을 받다 · 99

생선 씻는 여자 · 100

허공 · 101

꿀맛 · 102

길목집 · 103

아이들은 또다시 놀이를 한다 · 104

소똥의 길 · 106

문밖에 서성이는 자 · 108

길 · 110

사철나무 그늘 아래의 잠 · 112

장정일 자선시집 출전 · 113

1부

사철나무 그늘 아래 쉴 때는

그랬으면 좋겠다 살다가 지친 사람들
가끔씩 사철나무 그늘 아래 쉴 때는
계절이 달아나지 않고 시간이 흐르지 않아
오랫동안 늙지 않고 배고픔과 실직 잠시라도 잊거나
그늘 아래 휴식한 만큼 아픈 일생이 아물어진다면
좋겠다 정말 그랬으면 좋겠다

굵직굵직한 나무등걸 아래 앉아 억만 시름 접어 날리고
결국 끊지 못했던 흡연의 사슬 끝내 떨칠 수 있을 때
그늘 아래 앉은 그것이 그대로 하나의 뿌리가 되어
나는 지층 가장 깊은 곳에 내려앉은 물맛을 보고
수액이 체관 타고 흐르는 그대로 한 됫박 녹말이 되어
나뭇가지 흔드는 어깻짓으로 지친 새들의 날개와
부르튼 구름의 발바닥 쉬게 할 수 있다면

좋겠다 사철나무 그늘 아래 또 내가 앉아
아무것도 되지 못하고 내가 나밖에 될 수 없을 때
이제는 홀로 있음이 만물 자유케 하며

스물두 살 앞에 쌓인 술병 먼길 돌아서 가고
공장들과 공장들 숱한 대장간과 국경의 거미줄로부터
그대 걸어나와 서로의 팔목 야윈 슬픔 잡아준다면

좋을 것이다 그제야 조금씩 시간의 얼레도 풀어져
초록의 대지는 저녁 타는 그림으로 어둑하고
형제들은 출근에 가위 눌리지 않는 단잠의 베개 벨 것
인데
한편에선 되게 낮잠 자버린 사람들이 나지막이 노래
불러
유행 지난 시편의 몇 구절을 기억하겠지

바빌론 강가에 앉아
사철나무 그늘을 생각하며 우리는
눈물 흘렸지요

석유를 사러

싸늘한 지폐 한 장 책상 위에 놓여 있다.
초단파 수신기를 타고 칼립소 뱃노래가 들린다.
그러나 여기는 추위
타오르지 않을 때는 난로마저 손과 발을 얼린다.
그럴수록 눈을 냉정히 닦고 바라보기로 해
책상 위에 하얀 타자기
자판은 고른 옥수수알같이 박혀 있고
그것들보다 더 단정한 모습으로 지폐는 누워 있다.
아침에 나는 저것으로 쌀을 바꾸어야 한다.
그러나 어떡하지 이 밤은 겨울도 참지 못해
큰 바람 소리로 신음하고
눈물만큼의 기름이 저 난로에는 없다.

점점 한기는 예리한 창을 갈아 내 허리께를 찌른다.
예수의 죽음 확인하던 로마의 병정처럼
두 번……세……번…… 나는 빨리 결정해야 한다
석유를 사기 위해 아침을 굶기로 할 것인가
굶어죽기보다 먼저 동사할 것인가에 대하여.

원래 선택이란 좋은 잔을 마련하고 결정을 요구하지
않는 것
네 앞에 놓여진 잔 가운데 최선의 것을 택하면 되리라
그렇다면, 그래. 석유를 사서 갈등이 끝난다면
당장 사버리는 게 좋지 않은가
약간의 석유가 겨울을 유예하고
따뜻함이 이 저녁의 동사를 몰아낸다면
만사 그것으로 즐겁지 않겠는가

석유를 사기로 한다. 그러자 신의 둥근 후광인 듯
얼었던 방은 생각만으로 더워지고
될수록이면 상상이 식기 전에 양말 하나를 더 신고
때 묻은 목도리를 한다.
기름통은 신발장 근처에 버려져 있었고
거미줄이 쳤다. 손잡이에 묻은 먼지를 닦고 들어올릴 때
가득 채워지기 위해 한층 가볍게 들리는 기름통의 무게
여간 즐겁지가 않다. 서두를 필요가 없을 것 같다.
별들과 가로등 사이로 난 희미한 길을 더듬어

서두를 필요가 없다. 나는 주유소가 바라보이는 신작
로 앞에서
지나가는 차들을 천천히 보내주었다.

좀더 오래 기다리며
가슴속에서부터 더워지는 공기를 느끼고 싶기에
느릿느릿 걸어 유리로 만들어진 집
붉다란 입간판이 주인집 문패보다 큰 주유소 마당에
서서
여보세요, 여보세요, 부른다
그러면 유리에 묻은 성에보다 두터운 외투를 입은
소년이 나오지. 졸면서 기름 호스를 잡지
나는 기름이 통 속으로 빨려들어가는 것을 본다
그리고 얼마나 빨리 소년의 작업은 끝나는 것일까
계기는 오백 원이 가리키는 숫자쯤 해서 멈추고
돈을 치른다. 하지만 너는 알지 못할 것이다
그것은 유다가 스승을 팔기 위해 고심한 만큼
또한 내게 결정하기 어려웠던 몫

등을 돌리고 성에를 풀어놓은 거대한 누에 속으로
재빨리 소년이 사라지면
나는 올 때보다 천천히 걷는다

난관을 모면하기 위하여 무엇인가 시도한다는 것
그것은 얼마나 가슴 벅찬 일인가
내일 굶주린다 해도, 겨울에 따뜻해지는 일은
꿈꾸는 일보다 중요하다.
처음보다 질긴 채찍으로 바람은 내 등을 후려치지만
난로가 있어 기름통을 가지고
밤늦게 걸을 수 있는 자는 또 얼마나 행복한가?
어느 틈에서인지 한 방울씩의 석유가 새고
몇 개 전주 너머 너의 방이 별보다 밝게 반짝일 때
그때인가. 나는 끝없이 걷고 싶어졌다
끝없이 걸어,

동쪽에서 떠오르고 싶었다.
대지를 무르게 녹이는 붉은 해로 솟아나고 싶었다.

그러면 사람들이 뭐라고 할까. 복숭아씨 같은 입을 딱
딱 벌리며

무서운 대머리다, 불타는 기름통이다.

아아 매일 아침 내 가슴에 새겨지는 희망의 시간들을
무어라고 부를까.

축구 선수

무지하게 노력했어요 그랬어요
나는 차버리려고 노력했어요
차버리려고 차버리려고 차버리려고
경기장 밖으로 그래요 나는
경기를 중단시키고 싶었어요

노려보지 마세요 나는
뛰고 달리고 고꾸라졌어요
당신이 던진 공을 차버리려고
아니 나는 받아냈어요 당신이 주는 패스를
잘도 받아냈어요

하하 웃는 당신을 이기기 위해
죽도록 노력 노력 노력했어요
그러나 언제나 돌아오는 당신 뻔뻔스런 당신을
다시 걷어찼어요 삶의 뱃가죽이
터지라고 차냈어요

여러분 나는 축구 선수가 아닙니다
그런데 매일 내 발밑으로 공이 굴러듭니다
이글이글 불타오르는 태양!
아무도 경기를 중단시키지 못할 거예요
아무도 중단시키지 못할 거예요

방

방이 하나면
근친상간의 소문을 무릅쓰고
어머니와 아들이 함께
지낸다. 아니
진짜 근친 같은 일이 벌어지기도 한다

방이 하나면
쌀통 위에,
책꽂이를 얹는다. 그리고
교과서의 줄을 잘 맞추어둔다
어머니, 책더미 위에는 더
무엇을 얹어야 방이
넓어질까요?

방이 하나면
벽마다 잔뜩 대못을 치고
비에 젖은 옷을 걸어 말린다.
개미들은 고개를 갸웃거리겠지

집터가 왜 이 모양일까
하고서

방이 하나면
세상이 우리 식구에게 빌려주는
방이 하나면
아들의 친구는 저녁이 되기 전에
돌아가거나 방문 밖에
새우잠을 잔다. 친구 곁에
아들도 잔다. 찬 서리에 젖으며
두 사람은 꿈속에서 익사한다

그리고 여자친구와 몰래
한 이불 덮을 수는 없겠지.
방이 하나면
어린 연인들은 여관을 찾아
떠다니리. 손목을 잡고
어슥하게 떠다니리

방이 하나면
방이 하나면……
아아 개새끼!
나는 사람도 아니다.

지하 인간

내 이름은 스물두 살
한 이십 년쯤 부질없이 보냈네.

무덤이 둥근 것은
성실한 자들의 자랑스런 면류관 때문인데
이대로 땅밑에 발목 꽂히면
나는 그곳에서 얼마나 부끄러우랴?
후회의 뼈들이 바위틈 열고 나와
가로등 아래 불안스런 그림자를 서성이고
알만한 새들이 자꾸 날아와 소문과 멸시로 얼룩진
잡풀 속 내 비석을 뜯어먹으리

쓸쓸하여도 오늘은 죽지 말자
앞으로 살아야 할 많은 날들은
지금껏 살았던 날에 대한
말없는 찬사이므로.

쉬인

쇠람들은 당쉰이 육 일 만에
우주를 만들었다고 하지만
그건 틀리는 말입니다요
그렇습니다요
당쉰은 일곱째 날
끔찍한 것을 만드쉈습니다요

그렇습니다요
휴쉭의 칠 일째 저녁
당쉰은 당쉰이 만든
땅덩이를 바라보쉈습니다요
마치 된장국같이
천천히 끓고 있는 쇄계!
하늘은 구슈한 기포를 뿜어올리며
붉게 끓어올랐습지요

그랬습니다요
끔찍한 것이 만들어지기 전에는

온갖 것들이 쉼히 보기 좋았고
한없이 화해로왔습지요
그 쇠얼을 나이테에게 물어보쉬지요
천년을 솰아남은 히말라야 삼나무들과
쉬베리아의 마가목들이
평화로웠던 그때를
기억할 슈 있습지요

그러나 당쉰은 그때
쇄쌍을 처음 만들어보았던 쉰출나기
교본도 없는 난처한 요리쇠였습지요
끓고 있는 된장국을 바라보며
혹쉬 빠뜨린 게 없을까
두 숀 비벼대다가
냅다 마요네즈를 부어버린
당쉰은 셔튠 요리쇠였습지요

그래서 저는 만들어졌습니다요

빠뜨린 게 없을까 쇙각한 끝에
저는 만들어졌습니다요
갑자기 당신의 돌대가리에서
멋진 쇙각이 떠오른 것이었습지요
기발하게도 '나'를 만들자는 쇙각이
해처럼 떠오른 것이었습지요

계획에는 없었지만 나는
최후로 만들어지고
공들여 만들어졌습니다요
그렇습니다요
드디어 나는 만들어졌습니다요
그러자 쇘계는 곧바로
슈라장이 되었습니다요
제멋되로 펜대를 운전하는
거지 같은 자쉭들이
지랄 떨기 쉭작했을 때!

그런데 내 내가 누 누구냐구요?
아아 무 묻지 마셥쉬요
으 은 유 와 푸 풍자를 내뱉으며
처 처 천년을 장슈한 나 나 나는
쉬 쉬 쉬 쉬인입니다요

삼중당 문고

열다섯 살,

하면 금세 떠오르는 삼중당 문고

150원 했던 삼중당 문고

수업시간에 선생님 몰래, 두터운 교과서 사이에 끼워 읽었던 삼중당 문고

특히 수학시간마다 꺼내 읽은 아슬한 삼중당 문고

위장병에 걸려 1년간 휴학할 때 암포젤 엠을 먹으며 읽은 삼중당 문고

개미가 사과껍질에 들러붙듯 천천히 핥아먹은 삼중당 문고

간행목록표에 붉은 연필로 읽은 것과 읽지 않은 것을 표시했던 삼중당 문고

경제개발 몇 개년 식으로 읽어간 삼중당 문고

급우들이 신기해하는 것을 으쓱거리며 읽었던 삼중당 문고

표지에 현대미술 작품을 많이 사용한 삼중당 문고

깨알같이 작은 활자의 삼중당 문고

검은 중학교 교복 호주머니에 꼭 들어맞던 삼중당

문고

　쉬는 시간 10분마다 속독으로 읽어내려간 삼중당 문고

　방학중에 쌓아놓고 읽었던 삼중당 문고

　일주일에 세 번 여호와의 증인 집회에 다니며 읽은 삼
중당 문고

　국기에 대한 경례를 하지 않는다고 교장실에 불리어
가, 퇴학시키겠다던 엄포를 듣고 와서 펼친 삼중당 문고

　교련 문제로 고등학교 진학을 포기했을 때 곁에 있던
삼중당 문고

　건달이 되어 밤늦게 술에 취해 들어와 쓰다듬던 삼중
당 문고

　용돈을 가지고 대구에 갈 때마다 무더기로 사 온 삼중
당 문고

　책장에 빼곡히 꽂힌 삼중당 문고

　싸움질을 하고 피 묻은 칼을 씻고 나서 뛰는 가슴으로
읽은 삼중당 문고

　처음 파출소에 갔다왔을 때, 모두 불태우겠다고 어머
니가 마당에 팽개친 삼중당 문고

흙 묻은 채로 등산배낭에 처넣어 친구집에 숨겨둔 삼
중당 문고

소년원에 수감되어 다 읽지 못한 채 두고 온 때문에 안
타까웠던 삼중당 문고

어머니께 차입해달래서 읽은 삼중당 문고

고참들의 눈치보며 읽은 삼중당 문고

빳다 맞은 엉덩이를 어루만지며 읽은 삼중당 문고

소년원 문을 나서며 옆구리에 수북이 끼고 나온 삼중
당 문고

머리칼이 길어질 때까지 골방에 틀어박혀 읽은 삼중당
문고

삼성전자에 일하며 읽은 삼중당 문고

문흥서림에 일하며 읽은 삼중당 문고

레코드점 차려놓고 사장이 되어 읽은 삼중당 문고

고등학교 검정고시 학원에 다니며 읽은 삼중당 문고

고시 공부 때려치우고 읽은 삼중당 문고

시 공부를 하면서 읽은 삼중당 문고

데뷔하고 읽은 삼중당 문고

시영물물교환센터에 일하며 읽은 삼중당 문고

박기영 형과 2인 시집을 내고 읽은 삼중당 문고

계대 불문과 용숙이와 연애하며 잊지 않은 삼중당 문고

쫄랑쫄랑 그녀의 강의실로 쫓아다니며 읽은 삼중당
문고

여관 가서 읽은 삼중당 문고

아침에 여관에서 나와 짜장면집 식탁 위에 올라앉던
삼중당 문고

앞산 공원 무궁화 휴게실에 일하며 읽은 삼중당 문고

파란만장한 삼중당 문고

너무 오래되어 곰팡내를 풍기는 삼중당 문고

어느덧 이 작은 책은 이스트를 넣은 빵같이 커다랗게
부풀어 알 수 없는 것이 되었네

집채만 해진 삼중당 문고

공룡같이 기괴한 삼중당 문고

우주같이 신비로운 삼중당 문고

그러나 나 죽으면

시커먼 배때기 속에 든 바람 모두 빠져나가고

졸아드는 풍선같이 작아져

삼중당 문고만 한 관 속에 들어가

붉은 흙 뒤집어쓰고 평안한 무덤이 되겠지

게릴라

당신은 정규군
교육받고 훈련받은
정규군.
교양에 들러붙고
학문에 들러붙는
똥파리들!
그러나 고지점령은
내가 한다.
나는 비정규군
적지에 던져진 병사
총탄을 맞고 울부짖는
게릴라!

물에 빠진 자가 쩌벅거리며 걸을 때

1

그 강에는 물귀신이 사는지도 모른다
삼월은 쩌벅쩌벅 두터운 강의 입술을 깨고
모래 위 그냥 이리저리 걸어보는
식어버린 열정의 사람들

해빙의 한밤내 물귀신이 걷는다
긴 장화 신고 쩌벅쩌벅 소리내며
그들은 삼월의 하룻저녁을
살얼음이나 깨며 따뜻이 지낸다

그리고 그들은 듣는다
모래 위에서 잔뜩 골이 난 사람들이
바짓단 끌며 불안해하는 것을
그래, 봄이 온다고는 하지만
이별하기 위해서가 아니라면 연인들은
왜 겨울 강을 찾겠는가

살아 있는 자들은 사랑을 모른다.

그런데 물속으로 뛰어들기 원하는 것일까
세울 외투깃도 없이 홀로 강을 걷는 저 청년은
그렇다면 보여주리라
하나씩 우리가 얼마나 소중하게
그자의 마른 옷가지를 벗기고
가래 끓는 폐로도 어떻게 물속에서 불편 없이 살게 되
는지

새로 온 청년은 놀라겠지만
우리에겐 신입식이 없다
단지 아껴두었던 두터운 얼음을
맨발로 두들겨 깨리라
그와 함께 생일 케이크라도 자르듯

2

죽은 자들도 가끔은 살아 있는 형제가 그리운 것
내 귀는 자꾸 다가오는 강을 만진다 그러나
오지 않으리
물에 빠져 죽은 자는 자신이
발가벗은 채 죽었다는 사실을 부끄러워하므로
하지만 수초에 닦여 반짝이는 두 눈과
순결한 무릎, 무엇이 다른가
항상 당신 머리칼이 젖었다는 것 외에는?

밤새도록 모래 위에서는
사랑하지 않는 사람들이 만나
헤어지기 위해 사작사작 걷는 소리
그리고 나는 더 오랫동안 듣는다 은밀히
대낮의 즐거운 웃음들이 모여들어
백조 보트를 녹슬게 하는 여기
깨알같이 조그만 소녀들이 찐득한 사탕물을

가득 묻혀놓은 회전그네 뒤에 숨어
손전등을 끈 채 야간 경비원은 듣는다
사자들이 거꾸로 걷는 것을
보이지는 않지만 싸늘한 그들의 발바닥이
담뱃불 밟듯 뜨거워진 얼음장 비빌 때마다
그리움의 무게 견디지 못한 이승의 한계가
강 한가운데서 얼음 갈라지는
소리로 울려퍼지는 것을

강이 운다 삼월의 저녁내
뜬눈으로 새울 연인과 혼자 걷는
청년을 강은 부른다 그러면
누구라도 달려나가
먼저 그곳에 있는 자들과 입맞추고
커다란 모래시계 속에 당신은
당신의 가는 발목을 묻으라.

나는

나는 불 꺼진 등잔,
혹시 그 사이에 메시아가
오시기라도 한다면.

나는 불 꺼진 아궁이,
눈 내리는 날
노동보다 더 붉은 홍당무를 먹는.

불 꺼진 샘,
나는 가슴을 열지 못하지
살얼음 가득한 전생으로 인하여.
어쩌면 그것은 벽

불 꺼진 모퉁이,
나는 당신의 폭주를 막지 못한다.
거듭 불 꺼진 나는 근육,
먼 들판을 바라보는
검은 말(馬)이야.

나는 불 꺼진 나라,
애야 나는 불 꺼진 어머니란다.
저렇게 많은 별들에게 물려줄 젖이 없어.

그러나 이런 날,
다시 그가 오시기라도 한다면?
무심히 불 꺼진 그가.

12월

아무도 믿을 수 없어
아무도
아무도
아무도!

나는 일찍 죽은 자들만 믿을 뿐이야
나는 마약을 먹고 미친 자들만 믿을 뿐이야
이를테면
나는 'J'로 이름을 시작하는 자들만 믿을 뿐이야
지미 헨드릭스, 재니스 조플린, 짐 모리슨 같은
무시무시한 가수들만을

일찍 죽거나
마약을 먹거나
이 세계에서는
가능한 일이야
한꺼번에 두 가지를 실행한대도
가십조차 안 되지

그것만이 진실한 거야
그것만이

자수

잡히지 않는 건 쉽고
잡히는 건 어렵다.
그래서 나는
잡히기로 결심했다.
그렇지 않나?
죄짓고 잡히는 일은
훌륭하지.
죄짓고 벌받는 건
당연하지.
그런데 왜 이렇게
울적해지는 거야?
도적질하고
수갑 찰 생각을 하니
길고 느릿한 노래를
자꾸 부르고 싶구나.
정갱이 후려깔
나으리가 오기 전에
길 건너 색시집

늙은 구멍에도

숨고 싶구나.

역도 선수

나는 듭니다.
나는 듭니다요.
예.
나는 들어올립니다!
쇠를, 쇠를, 쇠를!

나는 듭니다.
예.
나는 들어올립니다!
무겁고 무거운
땀의 무게
고통의 무게
삶의 무게를.

예.
나는 듭니다.
나는 듭니다요.
희망과

내일과

나에게 불행을 내려준

신의 무게마저!

열등생

산수시간에 시를 쓰고
선생에게 머리를 쥐어박힌다

자연시간에 시를 쓰고
선생에게 손바닥을 맞는다

사회시간에 시를 쓰고
선생에게 조롱당한다

국어시간에 시를 쓰고
선생에게 참견받는다

나는 선생이 싫어
세상의 모든 선생들이 나는
미워 죽겠어, 라고 쓰는

열등생.

2부

도망

도망가서 살고 싶다
정일이는 정어리가 되고
은희 이모는 은어가 되어
깊은 바닷속에 살고 싶다.

그녀

그녀는 차차를 춰요
그리고 왈츠를.
기분이 좋을 땐 룸바
화가 날 땐 탱고
심심하면 삼바를 추지요.

그녀는 춤의 대명사.
열다섯에 사교춤을 익히고
열여섯에 탈춤의 어깻짓을
디스코에 응용하려 했지요.
그리고 방년 열일곱에
제1방송국 전속 무용수가 되죠

그녀에겐 애인이 있어요
매일 수염 자라나는 스무 살의 남자가.
어느 날 종로를 걸어가는데
그가 다가와 한마디 한 거예요
이것 봐 하룻밤 놀지 않겠어?

그리고 칙, 담배를 피워 물었지요

그것뿐이에요.
요사이는 구질구질하지 않거든요
그리고 그녀는 그가 좋았어요
둘이 팔짱 끼고 걷는 중에도
얼마나 많은 여자애들이
그를 집적거리는지
한눈이라도 팔면 금방 그를
놓쳐버릴 듯했죠.

그녀는 열여덟 살!
작은 아파트를 얻어
방금 말한 그 남자와 살림을 차려요.
하지만 생활비는 그녀가 벌어 오죠.
왜냐하면 그이는 직장을 갖지 않아요
구속당하는 걸 싫어하는 성미거든요.

눈꺼풀이 내려앉은 그녀는 삼십 세
고급 술집의 밀실에서
스트립 춤을 추며 그녀는 아직
그 남자와 살고 있지요.
몰래 도망쳤다가 번번이
머리끄덩이가 잡혀 돌아오고
죽지 않을 만큼 주먹다짐을 받으며
매일 욕설을 얻어먹으며
그렇게 사랑을 갈취당하면서
어쩔 수 없이, 당연하게

그녀는 차차를 춰요
그리고 왈츠를
기분이 좋을 땐 룸바
화가 날 땐……

냉장고

열 편도 넘는 광고를 죄다 보고 나니
명화극장 볼 힘이 없어진다.
자리에서 일어나 냉장고 문을 열자
뜯어먹고만 싶은 푸짐한 빛이 새나온다.
언젠가 숨바꼭질하던 아이가
냉장고 속에 숨었다 얼어죽었다는데
여기엔 인육 한 점 없구나
미지근한 물을 먹고 문을 닫는다.
치유될 희망 없는 암병동처럼
냉장 능력이 극도로 저하된 이 냉장고
(프레온 가스—그것들은 날아가서
지구의 한 귀퉁이에 구멍을 내었을 테지)
나는 노트를 찢어 이렇게 쓴다.
"방문객은 여기 손대지 마시오—잉꼬부부"
누가 우리집 냉장고를 들여다볼까 겁난다.

라디오같이 사랑을 끄고 켤 수 있다면

―김춘수의 「꽃」을 변주하여

내가 단추를 눌러주기 전에는
그는 다만
하나의 라디오에 지나지 않았다.

내가 그의 단추를 눌러주었을 때
그는 나에게로 와서
전파가 되었다.

내가 그의 단추를 눌러준 것처럼
누가 와서 나의
굳어버린 핏줄기와 황량한 가슴속 버튼을 눌러다오
그에게로 가서 나도
그의 전파가 되고 싶다.

우리들은 모두
사랑이 되고 싶다.
끄고 싶을 때 끄고 켜고 싶을 때 켤 수 있는
라디오가 되고 싶다.

구인

그 집 앞 지날 때마다 궁금히 여겼던
주근깨 얼굴의 여자는 모습을 드러냈네
나 항상 그 지하도 작은 서점 지날 때마다
'여점원 구함'이라는 구인광고를 보고서
낯모르는 그 여인을 상상하곤 했었네
그런데 너 주근깨 얼굴의 여자여
드디어 너는 너의 자태를 드러냈구나
막 여고를 졸업한 듯 구김살 없는 얼굴
바싹 자른 단발, 검은 살양말이 눈썹처럼 가냘픈
너 주근깨 얼굴의 여자여
35억 여인들 중에 누굴까 하고
그 집 앞 지날 때마다 신비롭게 여겼던
드디어 너는 너의 정체를 드러냈구나
숱한 행인의 발걸음에 등을 밀리며 나는
아주 짧은 순간만 너를 곁눈질해볼 수 있었구나
매장에 붙은 서가에 기대어
달콤하고 꿈 많던 학창시절을 되새기는 듯한
앳된 얼굴의 소녀여.

첫사랑

당신은 강선실을 압니까
나는 강선실을 알고요
그녀 마음도 압니다
당신은 강선실을 보았습니까
나는 강선실을 보았고요
그녀 눈물도 보았습니다
당신은 강선실을 찾고 있습니까
나는 강선실을 찾고요
꿈속에도 그립니다
꿈에도 다시 찾기지 않는 그대
나는 강선실에게 가야 합니다
그대와 헤어진 후
나를 안아주는 숱한 여자의 품에서도
나는 즐겁지 않습니다
그대와 헤어진 후
석불을 안고서도 그대에게 갈 수 없습니다
동정녀 마리아는 개똥에게 주렵니다
나는 강선실의 품에 눕고 싶습니다

나는 강선실과 보냈던 즐거운 시절을 기억합니다
나는 그대에게 가야 합니다
죽기 전에 다시 그대를 만나야 합니다
세상을 뒤져 그대를 찾으려 합니다
후생에 태어나도 그대를 만나렵니다
아름답고 슬프던 그대
나는 강선실을 찾아야 합니다
그녀는 나의 첫사랑
당신은 첫사랑을 만났습니까
첫사랑을 만나면 놓치지 마십시오
그리고 내 소식을 전하십시오

옛날이야기

어떤 오래된 이야기 속에서
길이 1미터짜리 악어와
열 살 난 소년이 함께 살았다
동화책에도 나오지 않는
너무 오래된 이야기 속에서
악어가 소년의 팔을 물어뜯었다
왼팔인지 오른팔인지 확실치 않지만
그러자 소년도 콱, 악어의 등짝을 물어주었다
그리고 둘이는 참 아팠다
그때는 진통제도 없었으니까
그리고 악어는 등이 곪았고
악어는 죽었고
소년은 피를 흘렸고
소년은 죽었고
그들은 천국에서 만나게 되었는데
붕대 감은 상처를 들여다보며
악어와 소년은 서로 부끄럽고 미안했다
그리고 무척 슬퍼졌다

오래오래 잘산다는 옛날이야기 속에서
혹은 영원히 죽을 수 없는 천국에서

헤드폰을 쓴 남자

미나가 결혼한다
누구와 하는 걸까?
신랑은 뭐하는 남자일까?
연애일까, 중매일까?
서로 얼마만큼 사랑할까?

미나가 결혼한다
그 이름은 본명일까?
아니면 가명이었을까?
성씨는 또 뭐였을까?
미나가 결혼한다
결혼해서도 그녀는 신청곡을 보낼까?
여전히 심야방송을 들을까?
변치 않고 이 시간을 아껴줄까?
결혼 전날 밤에 듣겠다고
미나가 엽서를 보내왔다

잘살아요, 미나

한 번도 만나지 못했던 아가씨
내 프로를 6년 동안 애청한 이여!

냉장고

냉장고 문 여닫는 소리가 들렸다
어머니가 없는 사이에 이모가 와서 내
햄버거와 과실과 콜라를 먹어치우고 있구나
편도염에 걸려 며칠을 누워 있는 동안 어머니는
냉장고 가득 햄버거와 과실들을 채워주셨지
그런데 이모가 와서 내 것을 다 먹어치우는구나
그는 자리에서 일어나 벽을 잡고 부엌으로 갔다
그녀는 엎드려 믹서기 플러그를 꽂고 있었다
그가 등뒤에서 기척을 내자 그녀가 올려다보았다
"너에게 주려고 토마토 주스를 만들려는 참이야."
그녀의 두 다리 위로 치마가 약간 올라가 있었다
"빨리 가서 누워라 넌 지금 많이 아파."
나는 부끄러워서 뛰듯이 방으로 돌아와 누웠다

사랑 靑

정녕 푸를 푸를 푸를
푸를 것인 푸를 푸를 것인
우리 사랑은 도시 속에
푼 품 품 품 푸를 푸를
나무를 심네 우리 사랑은
정녕 푸를 푸를 푸를 푸를
숲을 만드네 우리 사랑은
푸를 푸를 것인 우리 사랑은
도시 속에 숲을 만드네
우리 사랑은 나무를 키우고
숲을 키우고 둥그런 흰 달을
낳는 거지 정녕 우리 사랑은

보리밭에서

땅 위에서 여름만큼 많이 가진 것은 없다
보리알이 영근 큰 언덕 계수나무 마을은 황금색
양탄자를 깔아놓은 아늑한 천막이었다
높고 푸른 하늘이 높고 푸른 그대로
아늑한 천막이 되어주었기에

그리고 나는 그녀를 유혹했다
손과 손을 굳게 잡고
운명인 양 서로의 손금을 맞대고, 보리밭 가로지를 때
사람들의 의심이 따라오는 것 같았지만
등뒤를 찌르는 것은 외눈박이 태양일 뿐

그렇게 들떠가는 도중에
한 소년이 케 세라 세라를 부르며 지나쳤고
이 빠진 낫보다
반짝이는 두 눈이 약간 마음에 걸렸다

손을 잡은 채 그녀는 쓰러지고

보리대궁 부러지는 소리가 옷 벗는 소리 같았는데
나는 내 바지가 어디로 갔는지 모르게 됐다
그러나 때문은 바지 대신 사나이는
누군가 잘 저울질해둔 여인의 가슴을 찾아냈고
여러 번 우승배를 안았던 솜씨 좋은 기수처럼
그녀는 사내의 등어리를 잘 쓰다듬어주었다

낯선 마을에서
처음 만난 여인과의 정사
조바심하며 나는 나의 정액을
보리밭에 쏟았고 5억의 정충이 겨우
손바닥만 한 밭뙈기를 적시는 것이었는데
우주 가운데 우리 생명은 모눈종이의
한 모눈만큼 보잘것없는 것

서로의 몸에 붙은 검불을 떼며
우리는 둘이 되어 일어서고
그녀 먼저 황급히 마을을 내려갔지만

쓰러진 보릿대가 다시 일어서지 못하는 것을
나는 오래 바라보았다

호두 한 알

그녀에게 간다
그녀에게 가는 길을
마치 피리처럼 불며
마음이 들떠서
콧노래를 부르며
그녀에게 간다
가슴속에
호두 한 알을 감추고
시침을 떼고
숙이에게 간다
거렁뱅이
빈털터리
나는 너에게
호두 한 알을 주겠다
아직
깨어지지 않은 가슴을

젊은 운전자에게

방금 당한 실연으로
당신 가슴은 터질 듯하죠
시한폭탄 같은 분노를 안고
당신은 자동차 문을 열었어요
운전대에 앉아 앞을 바라보니
두 눈에 눈물이 고여옵니다
시야는 와이퍼가 고장났던
우기의 창처럼 흐릿해졌네요
울면서는 운전하지 마세요
눈물은 신호등을 구별하지 못하게 할 거구요
일방통행 표지를 보지 못하게 할 거예요
보세요 중앙선을 위태롭게 넘나들고 있군요
조심하세요 자동차는 난간을 깨부수며
쾅, 고가도로 아래로 떨어지고
당신은 잃어버린 별의 높이로 솟구칩니다!
그러니까 말하지 않았어요
운전할 때는 울지 말랬죠
눈물을 닦고 마음을 가라앉히랬죠

운전대에선 평온한 마음을 가져야 된댔죠

3부

햄버거 먹는 남자

냉장고 문을 열자 희미한 내부등이 비친다
그는 채소더미 속에 묻힌 햄버거를 꺼내고
코카콜라 캔을 하나 꺼낸다 그리고
텔레비전을 보던 방으로 돌아와 햄버거를 싼
스티로폼 곽을 쓰레기통에 넣고
조심스레 은박지를 벗긴다 깡통 고리도 따서
쓰레기통에 곱게 넣는다

콜라를 한 모금 마신 다음 그는 약간
딱딱해진 햄버거를 한입 베어문다 추풍령
저쪽에서는 비가 내리는지 텔레비전에서는
삼성과 해태의 우중 경기가 한창이다 그는
천천히 햄버거와 코카콜라를 먹어치우고
방바닥에 흘린 소스를 휴지로 닦아 깡통과
은박지와 함께 쓰레기통에 버린다

오늘 저녁에도 어머니는 잊지 않고 햄버거를 사 오실까
그는 어머니가 일하시는 아케이드로 전화를 한다

……엄마……나야……많이 팔았어?……집에 돌아
올 때
햄버거 사 와……그래……집엔 아무 일 없어……
전화세가 나왔어……기본 요금이야……그는
발밑으로 기어들어오는 집게벌레를 신문지로 덮어
눌러 죽인 다음 쓰레기통에 넣는다

저녁이 되어 어머니께서 햄버거 두 개를 사서
돌아오셨다 그는 한 개를 먹고 한 개는
냉장실에 넣어둔다……엄마……삼성이 해태를
6대 4로 눌러 이겼어……밤이면 그는 이빨을 닦고
자신의 방을 깨끗이 쓸고 닦은 후 이불을 펴고
눕는다 천장에 달린 형광등이 단두대처럼 뿌옇게
빛난다 나는 내일도 햄버거를 먹을 수 있겠지

요리사와 단식가

1

301호에 사는 여자. 그녀는 요리사다. 아침마다 그녀의 주방은 슈퍼마켓에서 배달된 과일과 채소 또는 육류와 생선으로 가득 찬다. 그녀는 그것들을 굽거나 삶는다. 그녀는 외롭고, 포만한 위장만이 그녀의 외로움을 잠시 잠시 잊게 해준다. 하므로 그녀는 쉬지 않고 요리를 하거나 쉴새없이 먹어대는데, 보통은 그 두 가지를 한꺼번에 한다. 오늘은 무슨 요리를 해먹을까? 그녀의 책장은 각종 요리사전으로 가득하고, 외로움은 늘 새로운 요리를 탐닉하게 한다. 언제나 그녀의 주방은 뭉실뭉실 연기를 내뿜고, 그녀는 방금 자신이 실험한 요리에다 멋진 이름을 지어 붙인다. 그리고 그것을 쟁반에 덜어 302호의 여자에게 끊임없이 갖다준다.

2

302호에 사는 여자. 그녀는 단식가다. 그녀는 방금 301

호가 건네준 음식을 비닐봉지에 싸서 버리거나 냉장고 속에서 딱딱하게 굳도록 버려둔다. 그녀는 조금이라도 먹지 않기 위해 노력한다. 그녀는 외롭고, 숨이 끊어질 듯한 허기만이 그녀의 외로움을 약간 상쇄시켜주는 것 같다. 어떡하면 한 모금의 물마저 단식할 수 있을까? 그녀의 서가는 단식에 대한 연구서와 체험기로 가득하고, 그녀는 방바닥에 탈진한 채 드러누워 자신의 외로움에 대하여 쓰기를 즐긴다. 흔히 그녀는 단식과 저술을 한꺼번에 하며, 한 번도 채택되지 않을 원고들을 끊임없이 문예지와 신문에 투고한다.

3

어느 날, 세상 요리를 모두 맛본 301호의 외로움은 인육에게까지 미친다. 그래서 바싹 마른 302호를 잡아 수플레를 해먹는다. 물론 외로움에 지친 302호는 쾌히 301호의 재료가 된다. 그래서 두 사람의 외로움이 모두 끝난 것일까? 아직도 301호는 외롭다. 그러므로 301호의 피와

살이 된 302호도 여전히 외롭다.

'중앙'과 나

그는 '중앙'과 가까운 사람
항상 그는
그것을 '중앙'에 보고하겠소
그것을 '중앙'이 주시하고 있소
그것은 '중앙'이 금지했소
그것은 '중앙'이 좋아하지 않소
그것은 '중앙'과 노선이 다르오
라고 말한다

'중앙'이 어딘가?
'중앙'은 무엇이고 누구인가?
보이지도 들리지도 않는 '중앙'으로부터
임명을 받았다는 이 자의 정체는 또 무언가?
'중앙'을 들먹이는 그 때문에
자꾸 '중앙'이 두려워진다

우리가 사는 곳에서 아주 먼 곳에
'중앙'은 있다고

명령은 우리가 근접할 수 없는 아주
높은 곳에서부터 온다고
그는 말한다
그리고 이번 근무가 잘 끝나면
나도 '중앙'으로 간다고
그는 꿈꾼다

그러나 십 년 세월이 가도
'중앙'은 그를 부르지 않는다
백 년 세월이 그냥 흘러도
'중앙'은 그에게 편지하지 않는다
'중앙'은 왜 그를 부르지 않는가?
'중앙'은 왜 그를 기억하지 않는가?

계산대에서

부자는 온갖 요리를 시켰고
급사는 부지런히 음식을 날라갔다.
세상에서 가장 맛없는 표정을 지으며
부자는 차려놓은 음식물을 뒤적였다

그 식탁 곁에는 물 한 잔과 누런 보리빵을
게걸스레 먹고 마시는 남자가 있었고
그 남자 곁에는 "무엇이든 시키십시오, 당신은
무엇이든 시킬 수 있고, 여기선 무엇이든
금방 준비가 됩니다" 하는 표정의 공손한
급사장이 두 손을 모으고 서 있었다.
그러나 남자는 아무것도 더 시키지 않는다.
그는 가난했던 것이다

식사를 마치고 계산을 하는데
부자에게는 한 푼의 청구도 나오지 않았다
"감사합니다, 또 오십시오!"란 인사말밖에는!
부자는 트림을 하곤 껌을 받아 씹으며 나갔고

가난뱅이의 계산서엔 엄청난 금액의
액수가 적혀 있었다

그 가난뱅이는 주인에게 따졌다
겨우 물 한 모금과 보리빵을 먹었노라고
그러자 계산대에서 비웃음과 호통이 울려나왔다
"당신이 거의 아무것도 먹지 않았기 때문에
이 식당 손님의 모든 계산을 당신이 해야
하는 거야 이 밥통아!" 가난뱅이는 한숨을
푸욱, 쉬면서 몇 푼의 동전을 털었고
집달리의 엄격함을 가진 급사장에게
한 가지, 두 가지씩 옷가지를 빼앗겼다.

미끄럼

유년이 그리워 찾아온 미끄럼대
주욱— 미끄러져보자
사십오 년 전으로 혹은
잃어버린 즐거움을 찾아

첫번째 미끄럼질은
두 발을 옹종거리고 탔지
옷이 버려질까 두려워서
다려 입은 기성복이 더러워질까봐

세번째 네번째에 가서야
나는 마음 편히 주저앉아 탔지
그러자 아— 짜릿한 기분
사십오 년 전의 추억을 찾은 듯한

하지만 뭔가 불순하다 싶었지
그 기쁨은 유년의 것과 질이 달랐지
여자 다리 사이로 미끄러져들어가는 듯한

맞아— 약간의 성적 쾌미를 맛보았지

나는 새로 미끄럼질을 시도했어
잃어버린 순수를 찾아 미끄럼을 계속했어
그러나 내 노력은 자꾸 빗나갔고
미끄럼질은 다른 상념으로 미끄럼질쳐 달아났지

오— 돌아올 수 없나 옛날이여
바짓가랑이엔 반질반질 보풀이 일고
어느덧 해가 떨어지고 있었다
내일 있을 인사발표 걱정과 함께

바지 입은 여자

바지 입은 여자는 직기 앞에 서 있다.
점심시간이면 검은 밥과 국을 먹고
다시 직기 앞에 서 있다.

그녀는 선 채 잠들며 사무실 여비서를 꿈꾼다.
치마를 입은 그들의 다리는 희고 매력적이며
남자 공원들이 그것을 훔쳐본다.

바지 입은 여자는 화장실에 쪼그려 앉는다
바지를 입은 채 몰래 앉아 쉰다
굵고 불쌍한 내 다리!

바지 입은 여자는 직기 앞에 서 있다.
그녀는 푸른 작업복을 입고, 아름다운 실을 짠다.

탬버린 치는 남자

나는 탬버린 치는 남자가 될껴
회색 빌딩 숲에서 외로이 짖어대는
탬버린 치는 남자가 될껴
천둥 치고 비바람 부는 날
밤늦도록 컴퓨터를 만진 사람은
모두 탬버린 치는 남자가 된다지
이튿날 쾌청한 거리에서 실실 웃는
탬버린 치는 신사가 된다지
번개가 빌딩의 피뢰침을 내리칠 때
컴퓨터를 치던 손끝으로 전류가 오른다지!
나는 탬버린 치는 미친갱이가 될껴
중학교 고등학교 대학교를 마치고
수천 억짜리 빌딩에서 일하는 회사원이 될껴
밤늦도록 컴퓨터를 만질껴.

체포

그 일은 우연한 것이었다
우연한 체포—
그러나 우연만큼 분명하고 확실한 것이
세상 어디에 있겠는가?
이미 내가 잡혀버렸다는 것은
다시 되돌릴 수 없는 사실.

잠에서 깨어났을 때 내 곁에는
이름도 또렷한 여인
뼈가 환히 비치는 말라깽이 여인이
마침표처럼 생생히 찍혀 있었어
아아 이 여자가 언제 적 여자인가.

냉수라도 한잔 마셔야겠다고
살며시 이불깃 열고 일어나자
웬걸, 그녀는 잠꼬대를 하기 시작했어
먹여, 살려요. 먹여, 살리라니까.
먹여, 살리란 말이야!

내가 어디에 숨든
째깍째깍 시계 소리를 내며
텍탁텍탁 목발을 짚으며
그녀는 추적해왔다.
그리고 척추 끝에 달랑거리는
내 목덜미를 움켜잡고 소리치는 거야.
이 놈팽아 같이 가, 같이 가자구!

체포는 간단했다.
그러기 전에 나는 깨달아야 했어
그러나 깨닫지 못했어
완전범죄를 맹신한 점
그게 실수였어.
(당신도 조심하라구
나를 체포한 아내는 생활이었어!)

파리

파리가 흰 벽 위에 달려가 앉는다
그러자 거대한, 날랜, 죠스의 이빨 같은
파리채가 파리보다 빨리 날아와
탁, 파리를 눌러 죽인다.
심장과 뇌수, 두 손발과 날개가
흰 벽 위에 납작 눌러붙고
파리는 파리 목숨으로 소리친다
앞서서 나가니 산 자여 따르라!
붉은 피는 흰 페인트로 도배되지만
파리는 끊임없이, 쉬지 않고 악착같이
가면을 향해 달겨 붙는다
새하얀 벽 위에 죽음으로 앙겨 붙으며
윽, 꽃 같은 피살점을 점, 점, 점, 찍으며
파리는 파리목숨으로라도 외치지 않느냐
나의 내부가 되어버린 벽이 여기 있다!

목욕

그 늙은이
으리으리한 사우나에서 목욕을 하는데
완전 육십년대식이다.

샤워도
쑥탕도
때밀이도 안중에 없다.

빈 밀가루 포대같이 쭈글쭈글한 늙은이
비누로 머리를 감고
최후로는 찬물을 뒤집어쓴다

좀스런 늙은이, 하는 경멸과 함께
나에겐 그것이
무슨 정신의 목욕인 듯 느껴졌다.

유리의 집

어떤 노여움
얼마만 한 분노가
덮친 것일까
강타한 것일까
혹은 주먹을 내민 것일까.

어두운 도시에 벌을 선
대개의 공중전화 박스는
박살이 나 있거나
미세한 금이 가 있다.

요즘 말은 왜 폭력적인가?
요즘 말은 왜 호전적인가?

사람들은 대화를 하면서
가죽장갑 낀 주먹이나 구둣발로
유리의 집을 쿵쿵 차거나
때려부순다.

Job 뉴스

봄날,
나무벤치에 우두커니 앉아
〈Job 뉴스〉를 본다.

왜 푸른 하늘 흰 구름을 보며 휘파람 부는 것은 Job이
되지 않는가?

왜 호수의 비단잉어에게 도시락을 덜어주는 것은 Job
이 되지 않는가?

왜 소풍 온 아이들의 재잘거림을 듣고 놀라는 것은 Job
이 되지 않는가?

왜 비둘기떼의 종종걸음을 가만히 따라가보는 것은
Job이 되지 않는가?

왜 나뭇잎 사이로 저며드는 햇빛에 눈을 상하는 것은
Job이 되지 않는가?

왜 나무벤치에 길게 다리 뻗고 누워 수염을 기르는 것은
Job이 되지 않는가?

이런 것들이 70억 인류의 Job이 될 수는 없을까?

파랑새

창녀인 나의 어머니가
나를 죽였어요!
탯줄로 목을 조르곤
파란 쓰레기통에
처넣었어요.
새벽이 되어 나는
복개된 하수구 깊이 버려졌지요.
창녀인 나의 어머니는 파랑새
노래만 들으면 눈물짓지요.
닫힌 봉창을 훔쳐보며
새벽마다 한숨짓지요.
그래요 나는 어머니의 자유가 되어
무지개 놓인 고향으로 날아갑니다
어머니와 나는 한 마리
파랑새 되어
날아갑니다, 아 날아갑니다!

4부

원고청탁서를 받고

시란 무엇인가?
그것은 내가 받고 잊어버리지 못한,
변소 휴지의 효용성에서 우연히 벗어난 원고청탁서
나는 이걸 받을 때마다 말문이 막힌다.

잡지 편집자들에게 원컨대
내게 보내는 청탁서엔 이렇게 써주오
모월 모일까지
당신을 죽여달라거나
날더러 죽으라고!
그리고 덧붙여 주서하시오
마감일을 지켜달라고!

누굴 죽일만한
열정과 고뇌가 없는 곳엔
희망도 없는 것인가?

구두

구두목이 내 턱까지 차올라왔어
구두끈이 구렁이같이 온몸을 칭칭 감고 있어
쇠굽이 박힌 튼튼한 부츠
발길은 밑으로 가라앉고 있어
향기로운 진흙이 날 끌어당기고 있어
이 부츠를 어떻게 벗지?
차라리 목을 뽑아내라고?
해탈하는 거라고?
(아니, 싫어! 해탈은 싫다!)
구두목이 눈썹까지 올라왔다
머리 위로 두 손을 치켜들고 소리친다
망망대해에 빠져 두 팔을 내민 익수자처럼
나는 소리친다
앞으로! 앞으로!

모자

여기 있는 이 모자
대통령이 받아 쓰고
거렁뱅이가 받아 쓴다
밀짚으로 만든 이 모자
학술원 회원이 받아 쓰고
삼류악사가 받아 쓴다
챙이 넓은 모자 하나
정신과 의사가 받아 쓰고
치통환자가 받아 쓴다
사막 위에 둥글게 모여
돌려가며 받아 쓴다
한 사람이 너무 오래 차지하면
옆 사람이 쓰러지는 이 모자.

자서전

그토록이나 원하였으나
별 볼 일 없었던 데다가
가난하기까지 했던지라
살아생전 양장본 한 권
가져보지 못했던
재치 시인의 마지막 농담
"이번엔 틀림없이
하드 커버일 테지!"

바라옵건대 오, 하나님
이 책만은 더디 쓰도록 도우소서!

주목을 받다

아무것도 아닌 것
아무것도 아닌 것들
단지,

지루하리만큼 긴 비명
뼛속까지 내려간 울음
그러나,

격문은 아닌 것
호소도 아닌 것
아무것도 아닌 그런 것들이,

주목을 받다—

생선 씻는 여자

그녀는 오래전부터
물가에 쭈그리고 앉아 있었던 것이다.

알타미라 동굴벽화 속인 것처럼
고구려 고분벽화 속인 것처럼
아주 오래전부터.

남자 것으로 보이는 바둑무늬 남방
일제시대의 몸뻬
큰 엉덩이
넓은 어깨
굵은 발목
갈퀴 같은 손.

생선을 씻어 가족에게 먹이려는
내 어머니
뒷머리채를 질끈 검은 고무줄로 묶어 맨
모든 어머니들!

허공

내가 빌린 방엔
바닥이 없어
내가 빌린 지상엔
온통 벽뿐,

나는 그
벽에
못 하나 치고.

이렇게
목에 걸고
대롱대롱.

꿀맛

늦잠을 자시네
사철나무 둥치 밑
시월의 단풍더미에 누워
고요한 아침 햇살 맞으시네.

한 톨 쌀알을 잊으시고
불안한 굴뚝잠도
무서운 가시덫도
날카로운 고양이 발톱도
모두 잊으셨네.

세상은 부산한 아침
무슨 꿈을 켜시나?
따스한 햇살을 맞으시며
새치머리 쥐 한 마리
죽음의 꿀통에 빠져
일어나지 않으시네.

길목집

봄이 오면 들러주십시오
강정 가는 길목의 나의 집

사람들 발걸음이 울릴 때
나는 부르짖습니다
눈 뜨고 입 벌리면
흙이 차고 들어오는 여기에서
나는 당신이 그리워 부릅니다
"여보세요,
들리십니까?"

걸음을 멈추십시오
나 있는 곳 너무 어두워
아가씨의 흰 종아리
정말 보지 못합니다
걸음을 멈추십시오
둥글고 파란 지붕
이게 나예요!

아이들은 또다시 놀이를 한다

여기서 십자가생을 하면 안 된다고
교회벽에 젬마 수녀님이 써놓았지만
뜨거운 햇빛 아래 아이들은 십자가생을 했고
부둣가에 누에 같은 주름살 풀어내린 채
함경도 할아버지는 검은 돛배를 기다린다

오후 두시, 해는
노인이 꼼짝 않고 앉아 있는 그 자리에 붙잡혀 있고
기도실로 가던 젬마 수녀님은 더이상
아이들을 여기에 놀지 못하게 한다
그럴 때마다 무료해진 아이들이 부두까지
달음박질해왔고 주먹이 가장 단단한 놈부터
등나무에 오르듯 노인의 등을 탄다 그들은
그 굽은 등으로부터 바다를 배우는 것이다

초롱거리는 두 눈을 가진 아이들이 노인의
눈으로 바라보는 바다는 얼마나 넓고 잔잔한가
물속에서 깨어진 유릿조각이 눈부신 지느러미 움직이고

노인이 기다리는 배를 아이들이 함께 기다려줄 때
기도실에 꿇어앉은 여인의 기도가 엄숙하다
한 사람이 오늘 이 마을을 떠나려 한다

하늘이 맑아 어부들을 참치를 많이 잡았을 것 같고
서서히 고깃배들이 돌아오는 곳으로 해가 떨어진다
이제 노인 홀로 어둠 쌓인 휴지 속을 달려가야겠지
낯선 별 하나 예배당 종루 위로 솟아오르고
배고픈 아이들을 데리러 젬마님이 부두로 내려온다

그리고 해는 또다시 떠오르게 될 것이고
여기서 십자가생을 하면 안 된다고
백색 페인트로 쓴 글씨가 다 지워질 때까지
아이들은 매일 하던 놀이에 열중하겠지

소똥의 길

길안 가는 여러 길 가운데
소똥의 길이라 이름 붙은 길이 있다.
이름처럼 그 길엔
채 마르지 않은 소똥과
오래전에 말라버린 소똥이 가득하다.
지저분한 길

켕겨서 아무도 찾지 않을 듯해도
하필 이런 길을 골라 걷는 사람이 있는 것
오솔길 위에 흩어진 어지러운 발자국은
누군가도 나와 같이,
필사적으로 걷던 흔적이다.

아무도 소똥의 길을 무심히 걸을 수 없다.
마른 소똥을 걷어차거나, 피하거나
그 생각은 촌각 아래 이루어져야 한다.
그래도 질경이 밑에 숨은 젖은 똥을 밟고
그는 참지 못해 웃으며,

낭패하리라.

결코 다른 방법으로 걸을 수 없다.
소똥의 길 위에서 방법이 떠오르지 않는다.
휘파람 불며 지나거나
물구나무서기로 지난들
소똥의 길 위에선
어느 것도 완벽하지 않다.

매일 아침이면
일찍 일어난 싱싱한 아이들이
이 길 위에 소를 몰고 와
마음껏 놀리겠고,
후덕한 소들은 뜨거운 배설물로
우리 걸어간 부끄러운 흔적을
살며시 덮어줄 것이다.

문밖에 서성이는 자

나는 불을 가지고 가기 때문에
나는 심판하기 때문에
나는 양떼 염소떼를 구분하기 때문에
그렇기 때문에
약속의 문 열고 지구에 닿는 일이 두렵다.

그래도 지껄이기 좋아하는 사람들은
얼마나 기분 좋게 떠벌리는 것인가.
푸는 주문을 잊어버린 마법사처럼
비밀번호를 잊어버린 집주인처럼
그 허풍선이가
왜 빨리 오지 않느냐고?

나는 왔다.
수천 날,
망설임으로 무거워진 머리를
서녘 노을에 기대고 서 있다.
나는 이미 온 자,

문밖에 서성이는 자!

길

저녁에,
교태도 눈물도 없이 타오르는 들녘을 따라간다
세상에서 가장 신중하게 생각하는 저울처럼
요요히 타오르는 저 들불.
마음의 평화를 배꼽 밑에 모으고
주린 입술 하나로 대지 위에 엉겨붙은
잔디 타는 불!

타들어가며,
밀양(密陽)은 자꾸 무슨 얘긴 듯 걸어오지 않았나
처음엔 알아듣지 못하였지만
뒤돌아보니
아는 형제들과 마을의 불빛이 보이지 않고
개 짖는 소리조차 여기서는
들리지 않을 것 같다.

그러면 외쳐볼 것을
너무 멀리 오기 전에,

타는 들이 전하는 세계의 비밀을
어린 조카에게 들려줄 것을!
삶은 들판 하나를 가로지르는 것
영겁이 다시 와도
이 길은 돌아오지 않는다.

사철나무 그늘 아래의 잠

이렇게 그늘이 무성한 걸 보면
하늘 아래 내가 찾아든 이 사철나무의 뿌리가
얼마만큼 튼튼하게 대지의 혈관을 잘
부여잡고 있을지를 안다.

―여기서 한숨 자자.
  뱀들 몰래 꿈꾸자.
  시온을.

장정일 자선시집 출전

국시 동인, 「國詩」, 그루, 1983. 4.
나는

장정일, 「햄버거에 대한 명상」, 민음사, 1987. 3.
사철나무 그늘 아래 쉴 때는
석유를 사러
축구 선수
방
지하 인간
쉬인
도망
그녀

장정일, 「상복을 입은 시집」, 그루, 1987. 11.
게릴라
자수
호두 한 알

장정일, 「길안에서의 택시잡기」, 민음사, 1988. 2.
삼중당 문고
물에 빠진 자가 쩌벅거리며 걸을 때
라디오같이 사랑을 끄고 켤 수 있다면─김춘수의 「꽃」을 변주하여
첫사랑

옛날이야기
냉장고(62쪽)
햄버거 먹는 남자
요리사와 단식가
'중앙'과 나
체포

장정일, 「서울에서 보낸 3주일」, 청하, 1988. 8.
사랑 靑(사랑 淸)
유리의 집
Job 뉴스
파랑새
생선 씻는 여자
허공

김영승 · 장정일, 「심판처럼 두려운 사랑」, 책나무, 1989. 9.
보리밭에서
꿀맛
길목집
아이들은 또다시 놀이를 한다
소똥의 길
문밖에 서성이는 자(문밖에 서 계신 그리스도)
길
사철나무 그늘 아래의 잠

장정일, 「통일주의」, 열음사, 1989. 5.

역도 선수

장정일, 「천국에 못 가는 이유」, 문학세계사, 1991. 7.

12월

열등생

냉장고(53쪽)

구인

헤드폰을 쓴 남자

젊은 운전자에게

계산대에서

미끄럼

바지 입은 여자

탬버린 치는 남자

파리

목욕

원고청탁서를 받고

구두

모자

자서전

주목을 받다

장정일 자선시집

라디오같이 사랑을 끄고 켤 수 있다면

초판 1쇄 인쇄 2018년 6월 25일
초판 1쇄 발행 2018년 6월 29일

지은이 장정일
펴낸이 정중모
편집인 함명춘
펴낸곳 도서출판 열림원
임프린트 책읽는섬

출판등록 1980년 5월 19일(제406-2000-000204호)
전화 031-955-0700
홈페이지 www.yolimwon.com
페이스북 /yolimwon
인스타그램 @yolimwon

주소 경기도 파주시 회동길 152
팩스 031-955-0661~2
이메일 editor@yolimwon.com
트위터 @yolimwon

책임편집 유성원 편집 전태영 이영은
제작 관리 윤준수 김다웅 오은지 허유정

홍보 마케팅 김경훈 김정호 김계향
디자인 강희철

ⓒ 장정일, 2018

ISBN 979-11-88047-42-0 03810